Marina Loose

Inselgeschichten

für beginnende Leser und aufmerksame Zuhörer

edition malo

Illustrationen: Anahit Ghardian
Illustrationen: Maria Liachovickaja

ISBN: 978-3-9822138-0-4

Für Alma

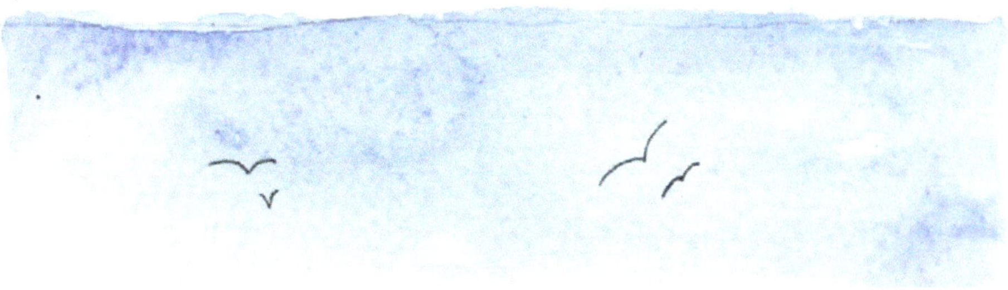

Die Stürmer des Königsfelsens

Illustrationen von Anahit Ghardian

Wie eine weiße Mauer erhob sich der Königsfelsen über dem Meer. Sobald die Sonne hinter den Wolken hervorkam und auf ihn schien, schimmerte seine glatte Oberfläche wie eine kostbare Perle.

An seinem Fuße siedelte sich eines Tages eine weiße Schnecke an. Sie ging gleich spazieren. Denn sie konnte es kaum erwarten, ihre Nachbarn kennenzulernen und Freundschaft mit ihnen zu schließen.

Der erste, den sie traf, war ein Frosch. Doch er hatte seine blauen Augen nur für die rote Libelle.
„Quak, quakissimo, liebe Libelle! Du gefällst mir, vor allem deine roten Strümpfe und roten Handschuhe“, quakte er und hüpfte hinter der flatternden Libelle her.

Der nächste, den die Schnecke traf, war ein grüner Grashüpfer. Sie wünschte ihm: „Guten Morgen, Grashüpfer!“

Doch er sagte ihr mit seiner piepsigen Stimme: „Du bist so weiß und so blass! Bist du etwa krank? Wenn du krank bist, dann verstecke dich in deinem Häuschen. Sonst steckst du mich an. Ich habe morgen etwas Wichtiges vor und kann keine Krankheiten gebrauchen!“

Die Schnecke erwiderte: „Ich bin einfach weiß, so weiß wie der Königsfelsen.“

„Du solltest dich mehr im Gras bewegen. Damit du grün wirst, so grün, grün, grün wie ich." Der Grashüpfer lachte piepsig und war fort.

Den halben Tag lang wälzte sich die Schnecke im Gras, atmete fleißig die Grasluft ein. Aber sie blieb weiß.
Da buddelte sich eine braune Ameise aus der Erde heraus.
Die Schnecke begrüßte sie und musste hören: „Oh, Schreck! Eine blasse, scheinbar kranke Schnecke. Stecke mich bloß nicht an! Wir haben morgen ein großes Wettrennen, ich nehme daran teil."
Die Schnecke schüttelte ihre Fühler. „Ich bin nicht im Geringsten krank! Und von einem Wettrennen weiß ich nichts."
„Oh, dieses Rennen findet jedes Jahr statt. Derjenige, der als erster den Gipfel des Königsfelsens erklimmt, bekommt eine goldene Krone von der Sonne überreicht", erzählte die Ameise.
Die Schnecke fragte interessiert: „Dürfen alle Tiere am Wettrennen teilnehmen?"
„Oh, ja! Alle, die keine Flügel haben, dürfen daran teilnehmen. Schnecke! Willst du etwa auch dabei sein? Ich meine, dabei sein als Zuschauerin!"
Die Ameise kicherte über ihren garstigen Scherz und buddelte sich wieder ein.
Die Schnecke seufzte tief, denn auch sie wollte gern am großen Wettrennen teilnehmen. „Aber wenn ich als Letzte auf dem Gipfel ankomme oder gar nicht

ankomme, werden alle nur noch garstiger zu mir sein. Die sind ja alle bunt, und ich bin nur blass." Traurig verkroch sie sich in ihr weißes Schneckenhäuschen.

In der Nacht hörte die Schnecke ein merkwürdiges Gespräch zwischen der Ameise und dem Regenwurm mit an.

Die beiden besprachen, wie man das Rennen gewinnen könnte: auf eine unehrliche Weise!

Der Regenwurm erzählte: „Beim letzten Rennen hat der Maulwurf, äh, getrickst. Der so genannte Sieger hat einen Tunnel durch den Felsen gebuddelt, so etwas wie eine Abkürzung zum Gipfel."

Darauf schlug die Ameise vor: „Wir sollten das auch tun: Buddeln, um zu schummeln. Oh, ich wollte sagen: Buddeln, um zu gewinnen."

Der Regenwurm war einverstanden: „Wir fangen damit gleich jetzt an. Morgen früh stehen wir zusammen mit allen anderen am Felsen, als sei nichts gewesen. Wenn alle beginnen zu kriechen, zu laufen und zu hüpfen, sind wir nach einer Minute - husch - auf dem Gipfel. Wir sind die Sieger!"

Die Ameise meinte dagegen: „Wenn wir schon nach einer Minute auf dem Gipfel stehen, wird uns das niemand glauben!"

„Dann eben - husch, husch, husch - nach drei Minuten sind wir, äh, die Sieger!", antwortete der Regenwurm.

Gesagt, getan! Die beiden machten sich an ihre unehrenhafte Arbeit.

Nachdem die Schnecke dieses Gespräch gehört hatte, fragte sie sich: „Sollte ich doch am Wettrennen teilnehmen? Ich bin kein Schwächling, auch wenn ich nicht die Schnellste bin! Schwach sind die, die den Gipfel nicht ehrlich erklimmen."

Am nächsten Morgen, kurz bevor die Sonne aufging, trafen sich alle Tiere am Königsfelsen.

Der Frosch, vor Ungeduld auf der Stelle hüpfend, quakte: „Quak, quakissimo! Ich bin der Sieger! Bravissimo für mich!"

Der Igel lobte sich selbst: „Wir Igel sind schlau. Deshalb gewinnen wir Wettrennen in allen Geschichten."

Der Regenwurm streckte seinen langen rosigen Hals hoch und brummte: „Ich bin hartnäckig, ich bin der Sieger!"

„Oh, ich bin aber die Stärkste! Ich bin die Siegerin!", kicherte die Ameise.

Als plötzlich die Schnecke mit ihrem Häuschen erschien, machten sich alle über sie lustig:

„Eine langsame Schnecke auf der langen Strecke ist zum Lachen!"

„Die Kranken haben bei dem Rennen nichts zu suchen! Sie bleiben zu Hause!"

Doch die Schnecke stellte sich mutig neben die anderen Teilnehmer.

Als sich die ersten Sonnenstrahlen am Himmel zeigten, schauten alle zum Gipfel des Königsfelsens.

Dort, in schwindelerregender Höhe, lag ihr Ziel.

„Los! Auf den Gipfel!“, riefen alle zusammen.
So begann das große Wettrennen. Die Teilnehmer kletterten, hüpften, krochen hoch, und unter ihnen war die Schnecke. Sie sah, wie der Igel und der Frosch an ihr vorbeihuschten. Keinen Fußbreit hinter den beiden sprang der Grashüpfer.
Der Regenwurm und die Ameise nahmen unbemerkt ihre Abkürzung durch den Felsen. Doch bald kamen sie wieder heraus.
Verärgert rief der Regenwurm: „Wieso hast du wie eine Wilde geschrien und bist weggelaufen? Nun stehen wir hier am Fuße des Felsens, während die anderen auf dem halben Weg zum Gipfel sind!“
Die Ameise antwortete erschrocken: „Oh, du rosa gepuderter Wurm! Ich sage dir: Im Felsen war ein Ungeheuer mit riesengroßen Ohren!“
„Ein Ungeheuer? Das hast du bloß geträumt, du braun lackierte Ameise!“, schimpfte der Regenwurm zurück. Auf einmal bemerkten die beiden, mit wie viel Mühe die Schnecke den Felsen hochkroch.
Der Regenwurm staunte nicht schlecht: „Auch wenn die Schnecke die Letzte ist, kämpft sie mutig weiter!“
„Vor allem kämpft sie ehrlich! Oh, dafür werde ich sie anfeuern“, sagte die Ameise beschämt.
Zusammen riefen sie: „Tempo, Schnecke!“
„Tempo, Schnecke!“
Die Schnecke zog kräftig ihre Muskeln nach vorne. Doch der Igel und der Grashüpfer waren nicht mehr zu erreichen.

Dagegen blieb der Frosch zurück, denn er sah die rote Libelle und vergaß das Rennen. Verliebt bis über beide Ohren, hüpfte er neben der Libelle her. Wenn sie rückwärts flatterte, hüpfte er rückwärts und fiel kopfüber hinunter.

Unerwartet legte sich ein dunkler Schatten über den Königsfelsen. Es war eine Möwe, die darüber flog. Sie bemerkte den grünen Grashüpfer, hielt ihn zuerst für eine Gurke und krallte sich ihn.

Der Grashüpfer piepste: „Bring mich zurück! Zurück auf den Felsen!“

Die Möwe lachte: „Njam! Njam! Eine sprechende Gurke!“

Schließlich hatte sie Mitleid mit dem piepsigen Grashüpfer und ließ ihn am Ufer laufen. So war auch er aus dem Rennen.

Es blieben auf der Strecke die langsame Schnecke und der schnelle Igel. Ohne Zweifel: Nur ein Sieger kann mit so einer Schnelligkeit krabbeln, wie der Igel es tat.

Doch er stolperte, rutschte den Hang hinunter und blieb nicht weit vor der Schnecke liegen.

„Warte, Igel! Ich helfe dir, auf die Pfötchen zu kommen“, sagte sie hilfsbereit.

Der Igel erwiderte: „Für mich ist es aus. Ich habe eine Prellung. Aber du musst weiterkämpfen! Du kannst es bis zum Gipfel schaffen.“

„Das geht leider nicht. Vor mir liegt ein Spalt. Da komme ich nicht hinüber. Jetzt ist auch für mich

Schluss“, sagte erschöpft die Schnecke und ließ ihre Fühler hängen.

Kurzerhand schubste der Igel mit seiner gesunden Pfote einen Stein in den Spalt, der den Hohlraum genau ausfüllte.

So konnte die Schnecke ihren Weg zum Gipfel fortsetzten. Dagegen rutschte der Igel den Felsen hinunter.

Als die Sonne hoch am Himmel stand, erreichte die Schnecke ihr Ziel.

Auf dem Gipfel des Königsfelsens stand die Siegerin: Die Schnecke war die Siegerin! Im Glanze des Sonnenlichtes bekamen ihre Fühler einen goldenen Schein. Ihr weißes Schneckenhäuschen schimmerte wie eine kleine, kostbare Perle.

Bald sank ein Wölkchen zum Gipfel hinunter, um der Siegerin eine goldene Krone von der Sonne zu überreichen.

Mit der Krone auf dem Kopf blickte die Schnecke nach unten, wo ihr alle zujubelten. Sie holte dann tief Luft und begann ihren Abstieg. Als sie unten ankam, gab es viele Blumen für sie.

„Quak, quakissimo! Schöne Schnecke, du gefällst mir, auch dein weißes Brautkleid und deine Krone. Bravissimo für dich!“, quakte der Frosch.

Die Ameise und der Regenwurm überraschten die Schnecke mit einem Lied:

„Die Schnecke war lange unterwegs,
Zum Gipfel des Felsens nach oben.
Sie trug ihr weißes Häuschen stets.
Und ein braves Herz, das wir loben.
Hurra! Tra-tra! Da-ba-da!"

Gerührt bedankte sich die Schnecke bei allen: „Dankeschön! Doch ohne Igels Hilfe und euer Anfeuern hätte ich es kaum geschafft, den Gipfel zu erklimmen. Es wurde mir ganz schön schwindelig in dieser Höhe. Danke euch allen! Wir sind alle Sieger!"

Dann kam die Libelle mit einer Torte angeflogen. Der Grashüpfer piepste erfreut: „Die Torte ist grün! So grün, grün, grün wie ich!"

Der Frosch blieb stumm. Nun wusste er nicht, wen er mehr liebhatte: die Schnecke, die Siegerin oder die Libelle, die Tortenbäckerin?

Plötzlich geschah etwas Unerwartetes und Schreckliches zugleich. Wie ein Blitz aus heiterem Himmel tauchte eine Maus mit riesigen Ohren und einem kaffeefarbenen Fell auf.

„Keiner bewegt sich! Alle stehen mucksmäusestill! Das ist ein Überfall! Ein Überfall auf die goldene Krone mit Entführung der Schnecke!"

Die Maus schnappte sich die Schnecke.

„Hilfe! Bitte helft mir! Bitte!“, bat flehentlich die Schnecke.

„Schweig! Keiner wird dir helfen! Niemand braucht dich! Ohne goldene Krone bist du nichts! Nur eine blasse Schnecke, mehr auch nicht!“, brüllte die Maus. Durch einen Spalt entführte sie die Schnecke ins Innere des Königsfelsens.

Eine Weile standen die kleinen Tiere wie erstarrt. Vor Schreck konnten sie sich weder rühren noch sprechen. Bis die Ameise flüsterte: „Die da … habe ich heute Nacht … oh, gesehen.“

Wieder herrschte Stille am Fuße des Königsfelsens. Umso deutlicher waren die schweren Schritte eines ergrauten Maulwurfes zu hören.

Das war jener Maulwurf, der ein Jahr zuvor das Rennen gewonnen hatte. Es war jener Sieger, der seinen Sieg auf eine unehrliche Weise erlangt hatte, und danach sang- und klanglos verschwand.

Jetzt entschuldigte er sich für seinen Betrug und erzählte: „Die Maus, die die Schnecke entführt hat, heißt Mokka. Die Schnecke kommt erst dann frei, wenn Mokka Maus ein gutes Geschenk für sie bekommt. Auch ich war lange genug ihr Gefangener. Bis sie alles von mir bekam, was sie gefordert hatte, vor allem meine Wintervorräte.“

„Hast du ihr auch deine goldene Krone gegeben?“, vermutet der Igel.

Vor Scham senkte der Maulwurf seinen Kopf und erzählte: „Die war bloß aus Papier. Die Sonne war über meinen Betrug erzürnt, deshalb überreichte sie mir nur eine Papierkrone."

Ratlos fragten alle den Maulwurf: „Was können wir denn Mokka Maus anbieten?"
„Vielleicht eine riesengroße Torte. Die Maus steht auf Süßigkeiten. Doch dann muss jemand von euch in den Felsen gehen, um ihr die Torte anzubieten und über die Freilassung der Schnecke zu sprechen", schlug der Maulwurf vor und verschwand wieder.

Alle waren sich einig, die Schnecke zu befreien. Nur wer soll sich in den Felsen zur räuberischen Maus begeben? Zu groß war die Angst vor ihr. Niemand war für so etwas bereit, außer dem Igel. Humpelnd ging er zum Spalt. Sein geprelltes Pfötchen schmerzte. Sein Herz pochte stark.

Unerwartet rief der Regenwurm: „Warte ab, Igel! Ich hole Glühwürmchen für dich. Mit ihrem Licht ist dein Weg sicherer."

Der Regenwurm machte sich, so schnell er konnte, auf den Weg zu Mama Glühwürmchen.

In der Zeit legte die Ameise an Igels Pfötchen einen Verband aus langen Seegrasblättern an.

Als der Regenwurm zurück war, übergab er ihm drei Glühwürmchen. Wie drei funkelnde Sternchen beleuchteten sie die dunklen Gänge im Inneren des Königsfelsens.

Und draußen machten sich alle anderen an die Arbeit. Zusammen mit der Libelle sammelten sie viele Pflanzen und Honig, um daraus eine Riesentorte zu machen. Damit ihnen die Arbeit schnell von der Hand ging, sangen sie ein Lied:

„Mischmasch: Lau Tau,
Minze Spitze, Thymian blau,
Honig, Salbei, Herzgespann.
Knete Teig zur Torte dann!“

Inzwischen bemerkte der Igel, wie es im Inneren des Felsens immer heller wurde. Das war die goldene Krone der Siegerin, der er immer näherkam, und die jetzt die Mokka Maus trug.

„Hey, du stacheliger Igel! Was willst du hier? Etwa mein Gefangener sein?“, grölte die Maus.

Bevor der Igel ihr eine Antwort gab, tröstete er die Gefangene: „Liebe Schnecke, wir werden dich befreien!“

„Danke!“, rief die Schnecke, die sich in ihrem Häuschen versteckt hielt und um ihr Leben zitterte.

„Ruhe in der Muschel! Und du Igel, sachte, sachte. Wie willst du das mit der Befreiung anstellen? Erzähl! Ich bin ganz Riesenmauseohr!“, brüllte die Maus.

„Eine vitaminreiche Torte wartet auf dich!“, bot der Igel lobpreisend das Geschenk an.
Beim Wort „Vitamine“ zog die Maus eine unzufriedene Miene. „Wie? Vitamine? Iii!“
Da bemerkte der Igel seinen Fehler: „Genauer gesagt, eine zuckersüße und riesengroße Torte wartet auf dich! So groß, wie wenn zehn Mäuse aufeinander stehen würden. Aber du bekommst die Torte erst dann, wenn du die Schnecke gehen lässt!“
„Die Torte will ich sehen!“ Die Mokka Maus schnappte sich das Schneckenhaus mitsamt der Schnecke und rannte zum Spalt.
Humpelnd bewegte sich der Igel hinterher, und die Glühwürmchen eilten im Marsch zu Mama Glühwurm zurück.

Vor dem Felsen türmte sich tatsächlich eine Torte auf. Gerade noch rechtzeitig wurde sie fertig.
Beim Anblick der Torte begannen der Mokka Maus vor Appetit ihre großen Ohren wie Segeltücher zu flattern. „Die nehme ich mit! Dafür habt ihr eure Schnecke wieder.“
Mit beiden Pfoten hob die Maus die Torte hoch und wollte zurück, aber der Spalt war zu schmal. Keine Riesentorte würde da durchpassen. Fragend, ja fast hilflos schaute sich die Mokka Maus um.
Da erklang eine piepsige Stimme: „Lass die Torte gerecht unter uns aufteilen! Damit wir sie zusammen

naschen können. Schließlich haben wir fleißig daran gearbeitet."

Den Vorschlag des Grashüpfers fanden alle gut, sogar die Maus.

Der Frosch rief froh: „Quak, quakissimo! Viel Creme, cremissimo!"

Letztendlich entschied er sich für die Libelle. Vielleicht weil die Libelle gute Torten backen konnte, oder weil neben der Schnecke immer der mutige Igel zu sehen war?

Während dieser ganzen Zeit blieb die goldene Krone auf dem Kopf der Maus. Obwohl alle von ihr forderten, die Krone der Schnecke, der Siegerin des Wettrennens, zurückzugeben.

Doch die Maus wiederholte stets: „Ich bin die Königin! Ich lebe im Königsfelsen! Darum ist die Krone meine!"

Da pfiff der Grashüpfer die Möwe zu sich und bat sie, der Maus die Krone aus der Luft abzunehmen.

Als sich die Möwe die Krone schnappte, bekam sie ihren Lachanfall, machte den Schnabel auf. Und Schwups! Plumps! Die Krone fiel ins Meer: Der so hart erkämpfte Preis ging unter.

Dieser Verlust machte die Schnecke nur ein wenig traurig. „Zwar habe ich die Krone verloren, dafür aber viele Freunde gewonnen. Das ist für mich viel wichtiger!"

Der Igel versprach ihr: „Nächstes Jahr hole ich für dich die goldene Krone!“

Der Grashüpfer schlug piepsig vor: „Auch du, Mokka Maus, kannst am nächsten Wettrennen teilnehmen. Warum denn nicht?“

Die Maus gestand: „Weil ich diese schrecklichen Ohren habe! Deshalb traue ich mich nicht, zu euch ans helle Licht zu kommen und bleibe in der Dunkelheit.“

Nun lächelte die Maus verlegen. Als das Lächeln auf ihrem Gesicht erschien, sahen ihre Ohren gar nicht so schlimm aus.

„Du solltest oft lächeln! Steht dir gut!“, meinte der Grashüpfer.

Die Maus freute sich: „Wirklich! Kann man mich vielleicht auch mögen? So richtig mögen mit Streicheln und Küsschen, Küsschen?“

Der Grashüpfer streichelte sie. „Ja, Mäuschen! Man könnte dich so richtig grün, grün, grün mögen.“

Als dann alle mit dem Naschen der Torte fertig waren, sangen der Regenwurm und die Ameise ihr neuestes Lied:

„Zusammen sind wir stark! Zusammen sind wir Sieger!
Die Sieger essen gern grüne Torten.
Um noch stärker zu werden,
Um noch mehr Torten zu kriegen!
Hurra! Tra-tra! Da-ba-da!“

Das fröhliche Lied ließ alle tanzen.

Der Grashüpfer und die Maus versuchten, eine Polka hinzulegen. Der Igel forderte die Schnecke zu einem langsamen Walzer auf. Was der Frosch da abzog, war mehr Akrobatik als ein Tanz. An seinen Füßen haltend hob die Libelle ihn über der Erde hoch. So konnte er einen Salto nach dem anderen drehen.

„Quak, quakissimo! Akrobatissimo!", rief er froh.

Hoch am Himmel schwebten als Tanzpaar die lachende Möwe und das flauschige Wölkchen.

Es war lustig. Es war friedlich. Es war einfach schön.

Der kleine Zug

Illustrationen von Maria Liachovickaja

Über schmale Bahnschienen rollte ein kleiner Zug. Er bestand aus vier grünen Waggons und einer schwarzen Lokomotive, die immer nett lächelte.

Der Zug rollte gemächlich durch Felder und Wälder, an weißen Städtchen und bunten Dorfhäusern vorbei. Dabei pfiff er und sang eine Melodie: „Du, duh! Du, duh!“

Seine Räder ratterten und sangen mit: „Du, duh! Du, duh! Ich fahre dich, ich fahre dich!“

Wenn sein Arbeitstag zu Ende war, fuhr der Zug ans Meer. Dort stand ein großer Schuppen, in dem er sich nachts ausruhen konnte.

Am nächsten Tag fuhr er wieder froh und munter die Menschen. Sein Lied war in der Gegend gut zu hören: „Du, duh! Du, duh! Ich fahre dich, ich fahre dich!“ Die Menschen freuten sich beim Anblick des Zuges. Überall,

wo er auftauchte, winkten sie ihm zu. Sie gaben ihm einen Kosenamen: der kleine Roland.

Eines Tages stieg ein Mädchen bei ihm ein. Auf ihrem Arm trug sie einen Hund, der hängende Ohren hatte. Das Mädchen setzte sich ans halboffene Fenster, den Hund hielt sie auf ihrem Schoß.

Die beiden schauten auf Felder und Wälder, an denen sie vorbeirollten.

Plötzlich sprang draußen ein Hase aus einem Busch. Sofort bekam der Hund stehende Ohren. Er sprang gleich aus dem Fenster hinaus dem Hasen hinterher.
„Mein Hund! Wir müssen meinen Hund einholen!“, rief das Mädchen erschrocken.
Du, duh! Du, duh! Ich fahre dich, ich fahre dich!“, antwortete der Zug.
„Bitte, lieber Roland! Fahre bitte schnell! Wir müssen meinen Hund einholen!“, bat es flehentlich.

Der Zug wechselte vom gemächlichen Gang auf den schnellsten Gang, den er hatte. Er rief: „Du, duh! Ich fahre dich schnell! Ich fahre dich schnell!“
Aber auch dieser Gang war nicht schnell genug, um den Hund einzuholen.
„Bitte, bitte lieber Roland! Du musst schneller fahren, als mein Hund rennt. Damit ich ihn dann schnappen kann!“, bat das Mädchen mit Tränen in den Augen.
Liebend gern hätte der kleine Zug dem Mädchen seinen Wunsch erfüllt.
Doch schneller ging es bei ihm nicht. Verärgert über sich selbst pustete er einige Male den Dampf aus sich heraus.
Das gab ihm Kraft, und er raste so, als ob seine Räder Flügel bekommen hätten.
In einer Kurve ließ der Zug den Hasen laufen, dem Hund aber versperrte er den Weg und hielt gleich an.

Flink stieg das Mädchen aus dem Zug und schnappte sich den Hund.

Vor Freude klatschten alle Menschen im Zug Beifall. „Dankeschön, lieber Roland!“, sagte das Mädchen froh. Schwer schnaufend ruhte sich der Zug ein wenig aus, dann rollte er weiter mit seinem gemächlichen Gang.

Am Ende des Tages fuhr er ans Meer.
Bevor Roland in seinen Schuppen schlafen ging, gab es ein langes Signal: „Du, duh! Ich fahre dich nicht! Ich gehe schlafen!“

Seit diesem bemerkenswerten Tag bekam der Zug einen Beinamen: der Rasende Roland. Auch heute rollt der Rasende Roland durch Felder und Wälder, an weißen Städtchen und bunten Dorfhäusern vorbei.
Dabei pfeift er und singt sein berühmtes Lied: „Du, duh! Du, duh! Ich fahre dich, ich fahre dich!“

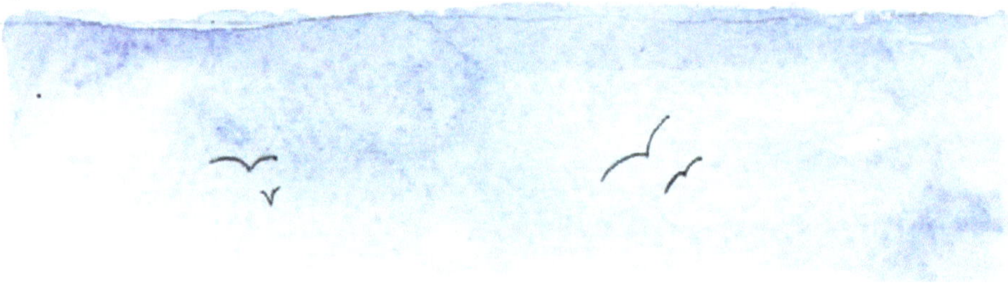

Die Möwen und die Fischbrötchen

Illustrationen von Maria Liachovickaja

Auf dem Dach eines Hochhauses saßen morgens zwei Möwen. Sie schauten auf das Meer, wo Fischerboote unterwegs waren und auf die Promenade, wo Menschen spazieren gingen.

Zu ihnen aufs Dach kam eine kleine Möwe. Sie schlug vor, zusammen etwas Fisch aus dem Meer zum Frühstück zu holen.

„Ha! Ha! Ich werde doch nicht meinen Kopf ins Wasser stecken, da ich gerade mit meiner Frisur fertig bin!", sprach die erste Möwe. Sie galt als schicke Möwe, denn sie trug knallrote Strümpfe und eine Locke auf dem Kopf.

Die zweite Möwe, die faule, war auch mit dem Vorschlag der kleinen Möwe nicht einverstanden:

„Ha! Ha! Das Meer ist zu kalt. Lieber lege ich mich auf den Bauch und nehme hier ein Sonnenbad."

Nachdem ihr Vorschlag abgelehnt wurde, staunte die kleine Möwe: „Wollt ihr heute nichts essen?“

Die schicke Möwe antwortete: „Scheinbar bist du neu hier! Unser ganzer Schwarm ist hier auf den Geschmack von Fischbrötchen gekommen. Es gibt nichts Leckeres als Brötchen mit Fisch, cremiger Sauce, einem Blatt Salat, serviert in einer weißen Serviette. Gleich macht die

Fischersfrau ihren Laden auf, dann kannst du es probieren."

Die faule Möwe bemerkte nur: „Fisch ohne Gräten und schnabelgerecht geschnitten ist genau das Richtige für mich!"
Die kleine Möwe staunte noch mehr: „Habt ihr Geld dafür?"
Über diese Frage lachten die zwei Möwen lange, bis die schicke Möwe rief: „Achtung! Es gibt das Zeichen zur Attacke! Ein Spaziergänger mit Fischbrötchen in der Hand kommt gerade aus dem Laden, den dürfen wir attackieren!"
Sogleich stürzten sich alle drei Möwen auf das Fischbrötchen. Sie schnappten dem ahnungslosen Spaziergänger sein Essen so geschickt weg, dass in seiner Hand nur eine weiße Serviette übrigblieb.

Solche Attacken machten die Möwen Tag für Tag. Mit jedem Tag wurden sie immer frecher. Zum Schluss verwandelte sich der Schwarm in eine Räuberbande, bloß mit einem Unterschied: Die richtigen Räuber jagen nach Geld, die Möwen aber nach Fischbrötchen.
Wie es sich gehörte, gab es in der Bande einen Anführer, eine ältere Möwe.

Von morgens bis abends, so lange der Fischladen geöffnet hatte, stand der Anführer auf seinem Beobachtungsposten oben auf einer Straßenlaterne.

Er tat so, als schaue er bloß in den Himmel und zähle die Wolken. Aber in Wahrheit lauerte er auf die Spaziergänger mit den Fischbrötchen in der Hand. Sobald der Anführer solche sah, gab er ein Zeichen zur Attacke, und der Möwenschwarm stürzte sich auf die Beute.

Die Zerteilung der Beute erfolgte gleich in der Luft. Sie geschah mit viel Geschrei und Rauferei.

Doch langsam wurden die Augen des Anführers schwach, deshalb begann er sich zu irren. Einmal stürzte sich der Schwarm nach seinem Zeichen zur Attacke auf ein Buch in weißem Umschlag, dass ein Junge hielt. Als die Möwen begriffen, dass ihnen ein Fehler unterlaufen war, warfen sie das Buch ins Meer.

Einen Tag später irrte sich der Anführer wieder, und die Möwen schnappten sich ein weißes Meerschweinchen. Das arme Tierchen wurde auch ins Meer geworfen. Zum Glück konnte es gut schwimmen und erreichte gegen Abend das Ufer.

Diesen Unfug beobachtete die Fischersfrau. Sie war über das Benehmen der Möwen entsetzt: „Wollt ihr euch das nächste Mal eine weiße Ziege schnappen oder vielleicht einen weißen Elefanten? Na kein Appetit auf Elefanten?“

Dann überlegte sich die Frau, wie sie den Räubern am besten einen Denkzettel verpassen könnte.

Am nächsten Morgen brachte die Fischersfrau ein weißes Hündchen mit. Sie ging mit ihm auf dem Arm auf der Promenade spazieren.

Wie immer stand der Anführer auf seinem Posten oben auf der Straßenlaterne. Als er „das Fischbrötchen" in der Hand der Fischersfrau gesehen hatte, gab er ein Zeichen zur Attacke: zwei kurze und einen langen, aufdringlichen Schrei.

Und die Möwen stürzten sich auf ihre Beute, ohne genau hinzuschauen, was das überhaupt war. Denn die Gier war zu groß, und die Gier machte sie blind.

Als die Möwen den Hund aus den Armen der Fischersfrau hochzogen, bellte der tapfere Hund sie laut an. Er ließ sie auch seine scharfen Zähne spüren.

Vor Schreck blieben die Räuber kurz wie erstarrt in der Luft hängen. Dann ließen sie ihr bellendes, beißendes „Brötchen" ins Meer fallen.

Der brave Hund flog durch die Luft wie der glücklichste unter allen Hunden. Das Fliegen war schon immer sein Traum. Und so viel Spaß hatte er noch nie im Leben gehabt!

Wie ein Sieger hob er seinen Kopf hoch und schwamm danach ans Ufer.

Während die Möwen Hals über Kopf das Weite suchten.

So ging der Plan der Fischersfrau auf: Die Räuberbande verschwand von der Promenade. Es flogen keine Hunde, Meerschweinchen und Bücher

mehr durch die Luft. Die Spaziergänger konnten ihre geliebten Fischbrötchen in Ruhe essen.

Doch später kehrten die Möwen zurück, eine nach der anderen. Sie leckten ihre Wunden und verhielten sich leise.

Die erste Möwe, die früher als die schicke galt, behielt zwar ihre roten Strümpfe, aber verlor durch die Rauferei viele Federn und ihre Locke auf dem Kopf. „Ich warte ab! Ha! Ha! Eines Tages wachsen die Federn nach."

Die faule Möwe hörte auf, sich auf den Dächern zu sonnen. Denn die Sonne hatte ihren Rücken so dunkel verfärbt, dass sie wie ein Pinguin aussah: schwarzer Rücken und weiße Brust.

Allerdings machte sie ihr ulkiges Aussehen berühmt. „Im Kostüm eines Pinguins bin ich die größte Sehenswürdigkeit an der Promenade. Ha! Ha! Für die Fotos und die Selfies mit mir dürfen die staunenden Spaziergänger mich mit Würstchen, Kuchen, Bananen, auch Fischbrötchen beschenken!“

Nur der Anführer der Möwen traute sich nicht mehr an die Promenade, denn er fühlte sich bis über beide Ohren blamiert. Sich dreimal so stark zu irren: „etwas Ungenießbares“ für ein leckeres Fischbrötchen zu halten, war genau dreimal zu viel.
Und die kleine Möwe … sie wurde eines Tages groß und erzählte diese Geschichte ihren kleinen Möwenkindern weiter.

Mein drittes Buch "Inselgeschichten" ist Rügen gewidmet. Begleitet von den unverkennbaren Klangfarben der Insel habe ich dieses Buch geschrieben.
Das Rascheln ihrer ewigen Wälder hat mir die erste Geschichte zugeflüstert, die sich wie eine Ballade aus alten Zeiten anhört.
Der ungezähmte Wind hat mir die zweite Geschichte gepfiffen, die wie ein Lied mit einem sich wiederholenden Refrain klingt.
Die Meereswoge hat mir die dritte Geschichte an den Strand gespült, die wie eine Humoreske anmutet: frech und liebenswürdig zugleich.
Ich habe alle drei gleich liebgewonnen für ihren Charme, ihren Witz und dafür, dass sie den Menschen, kleinen und großen, Mut machen.

Eure Marina Loose

Inhalt

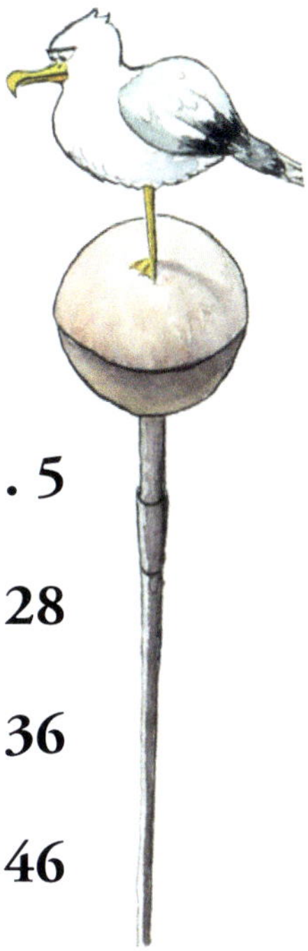